시안황금알 시인선 23

우물치는 여자

이자규 시집

시안황금알시인선 23

우물치는 여자

초판인쇄일 | 2008년 08월 18일
초판발행일 | 2008년 08월 30일

지은이 | 이자규
편집인 | 오탁번
펴낸곳 | 도서출판 황금알
펴낸이 | 金永馥

주 간 | 김영탁
편집실장 | 조경숙
표지디자인 | 칼라박스
주 소 | 110-510 서울시 종로구 동숭동 201-14 청기와빌라2차 104호
물류센타(직송 · 반품) | 100-272 서울시 중구 필동2가 124-6 1F
전 화 | 02)2275-9171
팩 스 | 02)2275-9172
이메일 | tibet21@hanmail.net
홈페이지 | http://goldegg21.com
출판등록 | 2003년 03월 26일(제300-2003-230호)

ⓒ2008 이자규 & Gold Egg Pulishing Company Printed in Korea

값 7,000원

ISBN 978-89-91601-55-0-03810

시안황금알 시인선 23

우물치는 여자

이자규 시집

황금알

부끄럽다
소름과 표정의 설정으로 별이 떴다
공포라는 첨가제를 섞어 긴장 속에서만 살았다

수백 살 고목이 즐비한 운문사 냇가 맑은 물 속
빤히 나를 보는 저 몽돌들도 가뭄과 홍수 맞았으리
함부로 버려졌던 나의 것들을 다시 호명해 본다

아침햇살 저렇게 푸르고 고마운데 나는 왜 혼자 아픈가
지금은 긴장의 끈조차 풀어져서 어디로 가고 있는지
사방이 고통바이러스 뿐 나는 늘 배가 고팠다

차 례

1부
우물치는 여자

2부

밥 짓는 동안

5부

반짇고리

1부

우물치는 여자

우물 치는 여자

깊푸른 침묵을 채우고 있는 사원
갈기 세운 포말도 늘 제 자리에서 꽂히듯
흘러 보내지 못한 계곡 찰진 어둠에 들다
시도 때도 없이 우는 뻐꾹새 울음을 퍼내고
물그림자로 떠 있는 희디흰 아기웃음소리도 걸러야지
얼마나 많은 달을 담았는지 곰삭은 허공의
수많은 은하를 거쳐 되돌아오는 헬리 혜성처럼
한 여자의 심장 속 곳간의 그늘과 광채를
바닥까지 휘저어본다
찢어진 삼베적삼의 그림자
날실 씨실 이음새에 바람 한 톨 못 앉히고
바디와 북이 고장 난 베틀의 여자
돌과 돌 사이에 작은 돌 채우고 맑은 하늘 걸러낼
매운 독충 한 마리는 두어야겠지
피톨들 가지런히 빗겨서 몸을 푸는 사원
가슴에 샘이 흐르는 여자는 얼마나 푸를까

저수지

그녀는 가슴을 풀어헤치고 바닥을 다 보여주고 있다
물 속 굽이굽이 계단 논이 들어 있다
버려진 냉장고와 2인용 쇼파와
자개농도 한 채 들어 있다
짝 잃은 슬리퍼와 빈 소주병이 한 박스
티브이 두 대가 붕어와 함께 늙어가고 있다
느린 물살에 지느러미 세워
논바다에 제 눈물 다 내주고
자궁암으로 거덜난 살림을 보여주고 있다
한사코 보여주고 싶지 않았던
삼십 년 함께 산 영감에게도 보여주지 않았던
불두덩이를 드러내고 누워 있다
가시를 세운 햇살로 제 몸 소독하는 동안
부끄럼도 없이 여린 풀들이 살랑거리다
남편도 자식도 나를 버리고 떠나버린
그녀가 하늘에 온 몸 담그고 있다

서포리 만다라

버즘 같은 산비알에 어룽어룽 담배연기 흩어집니다
남해 노량강을 껴안고 맞아주는 서포리 얕은 바다를 보며
서포西浦 김만중, 그 경전을 읽습니다 벚꽃 피는 봄내
좁은 가슴에 찔리며 타버린 문장들 지옥이었을까요
산꽃은 산에서 살다가, 들꽃은 들에서 죽지요
오른 쪽 갈비뼈에 잔설 깊이 쌓아놓고 옆쪽 벼랑에선 연
두연두
웃음 피우는 그 솔기, 은비늘 뒤척이는 물결의 노래

청춘을 잃은 폐교 언저리엔 아무 것도 모르는 꽃게새끼들
밟히지 않는 세상을 아는지 함부로 기어 다닙니다
뻘 묻은 발목 털며 모여드는 불빛, 불빛마다 옴싹옴싹
숨소리 트이는 저녁무렵 아버지 돌아오시는 산모롱이 쪽
으로
창을 내어 등대를 그려보던 그 어둠 속에
내 삶의 푸른 물기가 출렁이는 그 때를
이젠 유년이라 부르기도 죄스럽군요

아득함을 아득하게 하는

소리도 없이 말이 많은 바다여, 만다라여
잡아 줄 손 하나 없이 제 각기 지어 논 게구멍에
손톱햇살이 아장아장 기어들어갑니다
이 지겹기만 한 평화를 견디고 나면
물의 뿌리에 당도할 수는 있을까요

달을 먹다

쩡, 침묵으로 조준한 어둠이 방죽 뒤에서 몸을 트는데 이
어서
바람이 몸을 눕히자 거대한 알 하나가 허공을 천천히 밀
어 올리고
아무 죄도 없이 물총새가 찍히는데 오랜만에 반기는 쇠
물닭
무릎 꺾어 물끄러미 늪을 본다 수초들, 가는 목으로 하얀
피를 받으며 흔들리지 않으려 뿌리내리려 했던 것들 따
뜻하다
가물어도 홍수 져도 흔들리지 않을 사람 하나 여기서 보
이는데
내 상처의 피딱지를 아끼듯 그림자를 바꿔 비치는 달빛
으로
차오르다 기울고, 어둠으로 깊어지다 빛으로 차오르기까지
눈 시린 반란으로 묵었던 통증을 지워가는 이 늪의 저녁
내 닳은 구두 땀 냄새가 물속까지 전해져서는 달의 피,
동두렷
씨앗 하나 탱탱하게 품어보는 것이다

청모시 입은 아침

으으으 해 뜨고 싶습니다 마음의 방을 닦으며 조용한 혁명이 깃발을 듭니다. 봄의 전령사, 저 황조롱이 새가 기다림의 그물코로 수관을 그리는 수양버들에 포근히 부리를 치자 연한 가지 하롱거리며 눈물같이, 잎새들 대밭 속의 샘물로 흘러듭니다. 초목은 거듭 나도 사람의 생生은 왜 한 줄기 바람 같은지 우수의 사월이라 노래하지 않아도 휘둘러 온 나이테들의 영글지 못한 그림자가 내 안에서 만삭으로 북적댑니다 남루한 행주치마에 탁본 된 생을 음표 붙여 호명하고 싶은 흠모가 산불처럼 번지는 군요, 그렇습니다 돌멩이 사이의 작은 풀꽃, 소리 날 듯 말 듯 스미는 풀잎들의 반짝임, 바람나팔수이거나 꽃가마들의 행렬로 서서 수양버들의 청모시 치마 두른 몸을 흔들어댑니다. 새의 날개도 따라 파닥거리는 동안 수 십 년 준비되어 온 빛나는 칼날을 느낍니다 움켜 쥔 걸레 위에 푸른 언어의 숨결을 쏟아 붓습니다 이 푸른 아침, 으으으 해 뜨고 싶습니다.

모자를 뜨다

어제는 빈 감나무에 번차례로 물어 나르는 일손
집 한 채 뜨개질 해나가는 새들을 보다
여러 색깔 띠고 사는 팔색조의 冠을 생각했다

내 허공의 감옥, 골속에서 골속으로
물과 불의 격투랄까 치솟고 무너져서
말(言)이 절(寺)앞에 앉아 손톱 여물을 썰 때
문득 네 머리를 싸안고 싶다
글로도 말로도 할 수 없는 비밀을 풀어서
한 코 한 코 뒤돌아보며 너에게로 가고 싶어
지금의 내 통증이 덤이다. 먼저
엄지와 검지 끝에 너를 잡고 벼리를 엮어야지

죽음을 하찮게 여기겠다는 말, 그 앎이
암을 죽이고 나서부터 반짝거리는 민둥머리의
서두르지 않고 찬찬히 걷는 너의 뒷모습
경계선도 풀리지 않게 짧게뜨기로 굵게 짜 넣는다
기둥과 기둥 사이 팔색조도 키우면서
비밀무늬의 춤사위가 보이기 시작한다

노라에게

나는 지금 무덤 안에 아기처럼 누워 있네

어제는 종일 창밖을 보았네
다 늙은 석류나무의 붉은 심장
제 그림자를 밟고 서 있는 늙은 여자의
생에 대해 말해 주었네

어느 해 여름 기차를 탔었지
몸으로 통하는 구멍마다 새어나오는
찐득거리는 냄새 역겨웠었지
맑은 종소릴 듣고 싶었지만
나는 늘 미숙아를 낳고 있었지
인큐베터에서 아직 눈 감고 있는
이생에서의 내 자식들
늦가을 붉은 열매를 매달고 있는 나무가
무덤을 짓는 나의 이생 같기만 했네
창밖으로 난 구멍에서 나오는 향기가
이제 역겹지만은 않아

나는 아기처럼 누워 있네

매화목

마당에 매여 있는
병든 개의 신음이 하얀 눈발로 쌓여지던 겨울
비명처럼 다가드는 수묵으로
당신을 기다렸습니다

봄이 나를 잊었는가 싶었을 때
묶여 있는 자유보다 얼마나 큰 선물인가 노래 부르는
밤마다 내 안에서 울부짖던 짐승을 달래며
진눈깨비 아팠던 붉은 옹이마다 내 음계를 안고
그대에게로 가는 길

하르르 떨어지기 직전의 소리 없는 찰나
낙화의 전율을 빌려
푸르러지는 매실의 꿈
내 터질듯한 그리움으로
당신의 내부에 푸른 둥지를 틀 것입니다

사색思索에게

출감 2000, 너에게로 간다
일세기의 지평선을 지우는 밤
멀리 등불 하나 하늘에 걸려 있는
내 귀 밑에 젖어 있던 문장들은 촛불을 들고
벼루 색으로 풀린 밤바다는 비로소 귀가 트인다
어디서 왔는가 어깨 내미는 밤 별들의
뒤축 닳은 신발이 무겁다
분꽃이 왜 밤에만 피 토히며 피는가를
온 밤을 아파 본 사람은 안다 부드러운 시간을
들썩이는 불빛을 풀어 작은 나팔을 불면
맨몸의 상록수 가지 뻗을 수 있을까
나무들 서른 번 넘어진 허공의 비탈
기억하며 푸른 노래 틔울 수 있을까
동편 하늘 밑 빛살 가득한 나의 창 안
우울의 잔고를 수납할 너에게로 간다

다림질을 하면서

구겨진 모직원피스를 다리면서
할부금 갚듯 하루치의 우울을 지운다
다리미질 할 때마다 지워지는 주름살들
눌러 붙은 밥풀을 떼는 일도
얼룩을 두려워하는 질긴 희망이다
실꾸리를 풀어놓은 늦은 가을의 여명
여름 내내 젖어 있던 문짝들이 말라가고
나도 말라가고 있다
예전에 잃어버린 신발은 지금
강의 어디쯤 떠내려가고 있을까
신발을 잃어버린 나만 여기 남아
가보지 못한 강가에서 자란
씀바귀, 여뀌 풀 꿈속에서
해거름까지 서성이다 돌아온다
가끔 모직원피스를 태워먹으면서 말이다

조춘早春이 나를 구겨서 줍니다

이런 사랑 보셨나요

지금 봄을 수혈하는 공사로
앞산 이마의 철모르는 잔설을 달랠 줄 아는 바람
오랜 냉전을 푸는데요
홀랑 벗은 수양버들 갈비뼈 아래께쯤
속이파리 뒤척일 때마다
언두언두 망사주름 누르고
빛살 겨루는 이편을 두리번거리는데요
겨드랑이마다 모든 길이 걸어 나와서는
지난 시간, 싹트지 못한 언어들의 그림자
그 푸른 혈관이 작설 같은 입술
내 밀었는데요 머지않아서
태양의 폭발적인 입맞춤이 예상 되는데요

이런 사랑 보셨나요

얼레지

모시적삼에 스미는 연두바람 끝 미어지다 모르는 듯 앞
섶을 열어
이 여름 청포묵 떨림으로 바위 옆 한 포기 산꽃으로 서
있고 싶다
지쳐 돌아와 날개 접은 새처럼 실낱 여름 강바람 앉히고
꿈쩍도 않는 옆 지기 옆 연리지의 뿌리로 푸르디푸르게
서 있고 싶다

날이 새면 아무의 고통이라도 산책길의 솟대 이끄는 그
림으로 서서
물새알인 듯 둥글게 꽃피우고 허공 구만리를 울리는 바
람의 생생한 내역을 낱낱이 읽으면서 내 퇴화된 열애와 단
내 나는 희망을 물어
희디 흰 백합과의 다년초로 창천의 깊이에 닿아보고 싶다

꽃핀 흙길에서 부르고 싶은 사계의 노래

쑥을 캐다
달구벌의 한티고개 돌아서 딱실 못둑, 봄은 와서 발아래
서릿발 견뎌낸 잔칫상 한 소쿠릴 눈 시리게 보네
뿌리 내릴 곳 없는 비정규직 가장처럼 흙이라면
게발 딛고도 살아내는 습관
주인 떠난 집 길섶 아무데나 무허가로 자손 늘릴 때
꽃 한 심지 키우지 못한 독기를 내 스스로 알아서
밟히면 밟힐수록 안으로만 굵어시는 내성 쑥불을 넘기듯
약전 같은 그대 품속 잊혀질듯 파고들어 불러볼 것이네
여름 여우비 내리고 귀 얇은 배추흰나비 날아간 길 끝
나락논바닥 미꾸리의 안테나수염이 마지막 신호를 보낸 뒤
둥글게 몸을 눕히는 풀잎 뒤쪽, 대롱대롱 교미하는
명주실잠자리 위로 절정을 내지르는 비명 한 줄기 내리
쏟았으니

가을은 붉게 익어서 내가 나를 부를 때
운문사길 양편에 늘어선 감나무 아래로 오시길
삼베이불 걷어낸 백로 지나 한로 뒤 물안개의 새벽강
건너

그리운 다듬이질 소리 청무시래기를 흔들 때
잘 익은 세월 안고 불타는 황혼처럼 그대 오시거든
풋감으로 떫었던 시간 금호강으로 떠내려 보내고
무공해 맨얼굴로 드릴 말 있네 그대여, 가령,
태초에 흙이 없었다면? 일깨워 주는
눈이 내리네
악취 흘리는 더미 위로 나무라듯
어떤 영혼이 산발한 채로 오시는가
도벌당한 노송의 밑둥 시퍼런 발버둥 위로
저토록 하얗게 풀어헤쳐서 오시는가

2부

밥 짓는 동안

9월

매실 걸러낸 장독대에
방금 딴 머루포도 곱게 담그고
코스모스 씨받아 쥔 동자승은
열병처럼 집이 그리울 때
산사 어스름 고요 속으로
낮은 바람이 일고
다람쥐들 바쁜 눈망울에
동자승은 마음을 빼앗기고 말아
하늘 쪽으로 머리를 둔
살아 있는 것들의 내공이
활화산처럼 뜨겁게 조용히
타오르고 있을 때
세상이 한층 더 맑아졌다

주학酒學

늦은 밤 학원 차는 안 오고 저만치
전신주 밑 더미와 친하기로 한다
젊디젊은 사람이네, 품평처럼 하나 둘 섰다 가는
재바르게 집이 그리운 행인들,
수험생 딸은 안 오고 더미의 간헐적인 신음소리가 눈을
끄는데
솜씨 먹은 정장에 붉은 넥타이는 넘어진 포도주 병이다
사십대에 세상 접고 기버린 허뚝뚝이 님자를 생각한다
저 사물의 숨소리가 위협하는 내 귓불이 화끈거린다
별은 빛나고 빚 독촉처럼 목이 타는 밤
알콜이즘 한 무더기가 가르치는 오독
흔들어 깨워도 물컹한 팔과 주머니 속의 젖은 명함은 잠
깐의
번뇌로 들라는 향긋한 내공일 터
자정 지나 저 영혼, 천국으로 가는 계단 밟기 전에
합세 해보자고 버스에서 내린 딸이 좇아왔다
택시 안으로 구겨지면서 깨어나는 짐승의
묘기는 원래부터 계획된 구걸이었을까
비명을 끌어안고 문대기 시작하는 주학망령酒學妄靈의 순간
별이 번쩍 하는 것으로 답습은 끝났다는 것

가뭄

올 테면 오라 깊어지려면 하얗게
바닥 드러내야 한다고 빛바랜 풀잎들
벼랑을 거머쥔 채 빈 강 쪽으로 기운다
둥실, 지느러미 일렁여 먼 바다 쪽을 시샘했던
죄,
죄가 강둑을 때리고 홍수진 자리
비워져서 투명해짐의 중력이 빛나고 있을 뿐
지금은 그 아무것도 출렁이지 않는다
찬찬히 길을 내주는 어둠과 불빛 사이
마르면 더 강한 갈증이 고여 있는 동안
견딤은 칼불을 삼키는 생生
여기를 어머니 뱃속이라고 하나
내 안에서 무성했던 상처만 오직 내 재산일 뿐,
침묵의 저편, 바닷물은
뜨거운 뙤약볕에 제 살 뜯어주며
말라간다
한 알 소금이 되리라 가차없이 말랐으나
결연코 살아 있는 질량
육면체의 꼭지마다 예각을 세우는 가시햇살로

물속에 엎드려 살았던 강바닥의 자갈들
둥글게 몸을 데운다
빛난다, 타오르는 저

섭산적

쇠기름과 심줄을 제거했는데도
살집 좋은 성깔들은 오래오래 다듬어야 한다
모양새 없이 뭉턱뭉턱 내뱉지 말고
자근자근 어르면서 다져야 한다
잣가루와 참기름 정성 본위로 화합하면
큰상차림의 대표로는 제격이다

센 불을 조절하다 한눈만 팔아도
뜨겁다고 눈물을 질척거리는 아이
자주 금이 가는 마음을 다잡아보려 애써도
제 먼저 온갖 인상을 찡그리는 아이
창 밖엔 비조차 잔소리로 퍼붓고
그냥 내리쳐서 산산조각을 내고 싶은 살코기적
아니다 그래그래 비뚤어진 아이를 요리조리 다독인다

밥 짓는 동안

칙칙폭폭 안개 속에서 기차를 탔다
연속되는 허기증의 레일 위로
내 마음의 솥 안에서 불어터진 쌀알 소리
칙칙한 넌더리들 폭폭 삶는 동안
기차는 천궁 굴 먼 섬 숲으로 가는지
침목을 더듬는 안개 속
바다로 이어진 철길에서 희미하게
소라고둥 냄새 이따금 고둥소리까지
압력과 끓어오름의 삼키지 못한 신음을
무인도에 떠나가서 꽃 피고 싶었던가
이율배반적인 수레바퀴 속에서
일만의 상상이 빚어낸 무의를 반겨
타임 벨이 울리는데 다시 또
시간여행 속으로 떠나다

내장탕론論

내 늑간근에 와 닿은 구불텅한 생각들
허기의 시간을 위해 곱창을 씻는다
겉보기엔 생 분홍 빛 고운 육질, 그러나
너희들의 속내를 알 수가 없다
구린내 풍기는 속을 북북 왕소금으로 문지르자
수많은 말들의 혓바닥처럼
기다렸다는 듯 허옇게 거품 물고 퍼붓는 말
구석구석마다 오장육부의 유세장 같다
(이래도 구토증이 안나?)
내 정신의 소화되지 않는 찌꺼기가 도사리고 있었던 걸까
어제 들렀던 분재원의 절묘한 축소고목이 생각난다
굵은 철사에 묶인 채 억제수행을 강요당하는 나무들
짧고 굵은 곡선미의 가지들마다 죄를 그리고 있었다
질기고 구린내 나는 곡선이 삶이라고? 그래 삶아보자고
뜨물에 쌈장 한 숟갈, 절반의 반성으로 부글거릴 때
홍고추 마늘 대파 후추까지만 들라
이내 흐무러지는 저 낭창각시들이란
둥근 열탕 속 작은 왕관들이 생기면서
맵거나 톡 쏘는 성깔들까지

사이좋게 펄펄 끓여 보자는 것인데 어디
들어보자고 건배! 쓰디쓴 눈물 한 잔까지

간장 담그는 날

지난 해는
내 문장의 요소가 너무 싱거웠다구요
관념 같은 풋콩이 많았드랬지요
입방아태풍을 견디기가 어디 그리 쉬운가요
오갈병 든 깍지 속 서투른 자음 모음을 제 먼저 알아서
눈물 굵은 도리깨질과 가마솥 불지옥 거쳐
좋은 탄생이란 그저 골방에서
온 맨몸으로 진통에 들어야지요
자궁을 빠져나가듯 끓어올라서
영양학적으로 말하자면 곰팡이의 효과겠지만 일단
비워두었던 장독 안의 먼지 낀 미완성들
잉걸 숯으로 몰아 내야지요
내 몸 속 비릿한 냄새들도 태워 주세요
바람 눕힌 삼월삼짇 한 낮
옛살라비야 아리랑조로 탱탱하게 햇살 잡아당겨
광합성하는 잎사귀처럼 소금물과 숯이 합방
찐하게 몸 섞는 날
아무래도 수상쩍다구요
눈금 자주 깜박거리는 염도계를 나무라며

씨알 굵은 고추 한 쌍도 빨갛게 달은 얼굴로 뛰어드는데요
이제 한 문장의 맛을 잡고
한 석 달쯤 죽어 보겠다구요, 제발

주방의 서정

어둠을 쓸어낸 골목에서는
주둥이 묶인 폐허자루가 청소차에 뛰어오르고
알릴 말 급한 조간신문 디밀자 한 됫박의 검은 깨들
종이 위에서 재잘거리는데 문고리가 잠깐 몸 비틀었을 뿐
환하게 바다, 뒤꿈치 들고 얼굴 내민다
지난밤의 약속은 아직도 푸른 물미역으로 살아나고
아라비아 숫자 스치는 두 바늘 사이 열두 번 꽂히는 눈
화살
오늘 분량의 말(言)들을 꺼내 군더더기 잘라낸다
골목길에서 묻어온 뜬소문까지 섞어 앉힌 압력솥
詩, 詩, 詩…, 소리 뜨겁게 익어가고 싱싱사전의 앞섶을
열면
육,해,공,채, 를 다듬어 둔 토속어들의 호명
내일을 꿈꾸는 식솔들의 옹알거림 싱거웠던 내 정신에
간을 맞춘다
뒤돌아보며 뜸 들이는 순간
쓴물 우려낸 고들빼기에 알큰한 고집을 버무려야지
담백하게 하얀 속내를 가글거리는 순두부국이며
유리컵 속의 작은 샘은 비워지기 위해

지난밤의 별을 띄우는데
스스로 자라서 풀잎이 되는 이 아침 주방
담장에 걸터앉은 햇볕의 발목 거머쥔 나팔꽃의 비명은
푸르다

손녀무릎

흰 머리카락이 슬래다
귀찮다 하는데도 세 살박이는
소파로 끌고가서 나를
길게 뉘어놓고는 안타까이
여린 무릎베개를 내주며
머릿고랑을 간질입니다

자지 마, 눈 떠
아기는 두 손으로 한껏
내 눈을 벌리고 보는데
으응? 할머니 눈 안에 내가 들어 있네
나 또한 이쁜 수정알 속으로 빠져듭니다

흰 실 봉지가 서너 번 하품을 한 뒤
다시 고개 돌려 누울 때마다 나는
손녀 무릎 내에 얼싸안겨서
감기는 눈, 애만 탑니다

부활

넌출, 생生을 발효시켜 흙으로 가기 위해 팔딱거리는 아
가미로 스콸린을 뿜어낸다 대구, 외치는 족보는 가차없이
반값, 마지막 길이 이토록 가벼워서야 파도치는 지느러미
가 갯바람을 보내자 쉼표 없는 칼질음에 한 치의 평화 토막
이 앙다문 속살을 드러낸다 바다에서 흙으로 사람의 몸을
통해 당도한다면 간이역이 따로 없을 것, 양념 다데기에 참
기름 이끌어 불판 위에서 한 차례 몸을 섞는다 마늘 홍고추
와 서로를 뜨겁게 달구어 붉그스럼 눈물겹게 익어가는 이
꿈을 놓치지 말자 끝내는 큰상차림의 대구찜이기 위해 다
시금 피망과 지단으로 오색염을 해다오 한통속 흠씬 젖어
지면 전생의 함성은 산새들이 먼저 거두어가고 서두르지
말고 찬찬히 낮은 손길로 뜸을 들여 잘못 든 길을 지우고
새로 늙어가는 것 고단백 저칼로리의 육신을 땅에 바치는
것 기꺼이 어두운 터널을 택할 때 몇몇의 해탈을 지나 걸어
온 곳으로 다시 돌아가 흰 꽃 피우는 누군가의 흙에 들러
또 한 세상을

수묵지 水墨池

　저 투명한 침묵이 나를 치는 건 초록을 감춘 둔덕의 풀잎
도 고요를 담고 가둠이 끝까지 한 몸으로 있기 때문일 터
지천명 너머로 사라진 송곳털 세운 고슴도치처럼 저물어도
갈 곳 없는 내 속의 물길 지나 진흙 속의 뿌리를 들추자 왁
자지껄 대오를 이루는 수만의 눈동자들 운문사 마당 늦은
독경소리가 난폭하게 귓불을 잡아끄는데 곧장 허방을 디딜
것 같은 해거름 혼자서 너무 멀리 온 것 같다 못의 언 날을
다스려 제 스스로를 썩히며 물가를 넓혀가는 화려한 시체
들의 꿈꾸는 폐허를 안을 밖에, 또한 수묵색의 철새들이 기
다리는 그곳 봄이 만발한 물속을

서각書刻

칼끝으로 숨소리를 심는다
빛으로 다진 생목生木을 묵향에 눕히어
날(刀)과 바닥의 정점에 느린 거북을 키우며
내심 푸르러 앙다문 서슬
살점 저밀 때마다 느리게 기어오는 향기
나이테 속으로 흘러들었던 낮달이거나 밤별들
둥글게 물소리를 낸다
풀내음처럼 풋풋한 지난 시절의 그림자들
나무의 홈에 기웃대고 기억을 파낼 때마다
작은 풀잎같은 손이 불쑥불쑥 일어난다
두 손 가득 풀잎을 담아 강물 위로 뿌리듯
나무를 쪼아대는 동안
낙엽처럼 파르르 떨리는 손 끝엔
붉은 꽃이 솟기도 한다
검은 핏물이 목판 위에 깃든다
나를 거느리는 저 그림자는
오래된 나를 기다리고 있었던 걸까
수없이 부딪히며 모서리 깎아내는 거북이
거칠어진 결 가득 붉은 꽃 찍어낸다

바이올린 빗자루

병病에 든 여자를 어루만지듯 허공의 계곡을 더듬어

어깨 위에 앉혀지는 몽당비의 딱딱한 현들

떠나간 치기들이 음계를 에둘러 오다 기계실

수만의 눈동자들이 허공에 떠 있다

로망스를 허밍하는 남자

시린 견갑골을 쓸어내도 들려오는 공명

지폐와 개인의 차이는 어디까지일까

오늘은 월급날 안 팔아도 되는 바이올린 빗자루

새참밥집을 미루고 혼자 누리는 뮤직홀이 있다

개

고깃덩이로도 개를 달래진 못한다
갓 낳은 새끼들을 떼어놓자
살 맛 잃은 듯 허공 향해 낑낑거린다
하늘 밖과 땅 밑 떨어져 있어도 보이지 않는 끈
개새끼가 된 오늘
구십 년 살다 말라비틀어진 몸으로
스스로 무덤으로 들어가는 늙은 개 한 마리 보았다
삼우재 마친 뒤 젖은 발로 돌아와서
꼬리 내리고 슬픔에 젖은 개를 본다
나는 사람일까 짐승일까 엄마

내 부유한 여생, 장기기증

　겨울 설산에서 먹을 것 찾아 내려온 야생멧돼지가 가든
식당 뒷마당 개집 앞의
　개밥그릇을 핥고 개와 함께 물을 핥고 계사 안으로 들어
가 얌전하게 똥을 누고
　닭들과 개와 멧돼지의 그렇게 달리고 달리는 하루가 저
물자 조용히 마치 너를
　두고 내 못가네 하듯 자주 뒤돌아보며 산속으로 사라지
는 야생동물을 보네

　인생 장막극의 무대에서 사랑도 없이 사랑을 하고 이별
아닌 이별을 하고
　생부모 잃은 동자승은 처음으로 배우수업을 시작하네 놓
쳐버린 청춘을
　아무도 따지지 않았고 소나무는 아름답게 잘 늙어가네
낮은 처마 밑
　양팔 없이 입에 붓을 물고 낙관적 가난을 그리는 노 화백
의 초막 봉창의
　반대편에서 새까만 아이들 까르르 까르르 참 따뜻하기도

살아 있다는 것만으로도 눈이 시린 저 푸른 솔잎처럼 세
상의
몰매와 입맞춤, 따돌림과 깃발을 맛본 사람은 얼마나 아
름다웠던가
단순해지기 위하여 치열해지는 관절의 노래, 그러니 세
상이여
불은 꺼지고 장막극의 무대에서 내 정신의 폼페이 최후
의 날 마침내
나 떠나거든 살아 있는 육신 한 조각까지 나눔의 샘터로
보내주시길

3부

■ 시인의 얼굴과 육필

9월

이자전

매실 걸러낸 장독대에
금방 따온 머루 달그
큰 스ㄹㄴ씨 받아친
통자능은 열병처럼 징이
그리울 때 산사 어스름
고요 속으로 낯는 바람
이 일ㄹ 다람쥐는 바쁜
눈망울에 마음을 뺴앗
기ㄹ 깔아
하늘 쪽으로 머리를 둔
살아있는 것들의 내곰
활화산처럼 타오를 때
세상이
한층 더
맑아졌다

4부

제피로스의 나무

꿈꾸는 둥지

겨울 동안의 뿌리가 펴 올린 노동으로
깨어난 가지들 밤새 싹눈이 붉다

별빛 가까운 좁은 방 내 꿈의 무정란은
하냥 날개만을 기다리다 줄 줄 핏발 선
알 속의 마지막 주문
탁 탁
피 묻은 어둠에서 깨나고 싶다

남새밭을 가로지르는 나비의 생애 팽팽히 담아
숲의 소리 절로 푸르른 하늘 문 밖
갈퀴바람 발목을 내려치거든
흔들리면서 흔들림마저 흔들어주면서
낮게 흐르는 도랑물 오랑캐꽃 얇은 웃음 따라
죽은드끼 살고 싶어라

칼소리

갈 데까지 가보는 거다
벼 베어낸 빈 논에
다하지 못한 말이라도 남아 있는 듯
태끌이 날을 세우고 있다
논바닥에 찍힌 발자국들이
때 아닌 분주를 떨며 적막을 털어내는
저녁이 초록을 지운다
이제 곧 쓰러진 자는
울음을 쏟아낼 것이다
쓰러진 시간을 일으켜 세우듯
발자국 안에 떠 있는 별들
어스름 속에서 칼을 갈고 있다
갈 데까지 가보는 거다!

연緣

봄 햇살
제 푸른빛 밭은 푸른 살로
꽃망울 멍들이는 한 낮
두 손 잡은 백발내외 뒷산 오르다
물음표로 휘어진 소나무 갈참나무에 대답하듯
가벼운 보폭으로 음률을 그린다
연인이라 이름 짓기엔
너무나도 눈이 시려 이따금씩 환하게
옥타브를 낮추는 두 사람분分의
투명한 핍진
너는 오늘 무엇이 되고 싶은 것이냐
내 검은 옷에 악착같이 따라다니는
버러지 같은 보푸라기들

목련

나는 떨고 있었다
길바닥에 깔린 주검들 때문은 아니었다
이상한 시누대라니
야간운행 중 전복된 차량에서 쏟아져 나온 닭들 꼼짝없이
양쪽 가드레일에 깃털뭉치처럼 얹혀서 오가도 못하고
한 톨의 곡식쪼가리는 머나먼 얘기
도로를 질주하는 두 마리의 거대한 불 구렁이들만 지켜
보는데
돌아와서 없는 살쾡이와 밤새도록 뒹굴었을 뿐인데
너였구나, 그랬겠지
보리쌀 눈이 겨울 나목 속으로 들어갔다는 것
날지 못하고 디딜 곳 없는 어둠 속
아무도 모르게 새록새록 아침이 걸어오는 사이
한 층 더 존경스런 마당가 늙은 나무의
마침내 영혼을 수락하는 횟대
울퉁불퉁 몸을 빌려 부린가 날갠가
희디 흰 신생이 가난하게 떨고 있었다

간이역에서

나, 그냥 한 번 쉬고 싶었어
가던 길 다시 한 번 돌아보듯이
제 키만큼 깊게 담겨지고 싶었어
감성 바이러스를 찾아내는 백신처럼
영혼을 뒤흔드는 한 사람 찾아서
생을,
그냥 기대보고 싶었어
머릴 관통하는 기적소리를
그 누가 나무라겠는가!
유리알처럼 투명한 눈빛으로
그냥 바라보고 싶었어
살아가다 한 번쯤 뒤돌아보게 되는
간이역에서 기차울음도 들으면서
잠시 쉬어가는 삶을 떠올려 보았어
아무 근심도 없이

오월五月

저 남자!

태양의 머리카락으로 조종되는
수천의 새를 불러
숲에서 툭툭 소리를 낸다
살무사의 잠깨는 소리,

제 얼굴을 가린 무도장에서
푸른 양복들의 플라멩코

그리곤 젊은 날이 꽂혀 있는 책장의
애꿎은 먼지들만 환하게
열린 문을 향한 명아주
가벼운 아버지의 외출

오부실

밀양으로 가다, 바람도 길을 놓치는구나
맑은 길 꼬리 하나 잡으면 보이지요
청도군 용암탕 지나 들도 산도 아닌 동네
문짝만 한 담배 포 하나 없고 아기 기저귀도
추억이 되는 곳
하얀 무늬를 게워내는 하늘문 밖
붕어가 소금쟁이를 낚아채는 연못가
남새밭의 희디흰 두 노인, 무한적막을 갈고 있네요
말없는 주인이 소 같고 일하는 소가 주인임을 아는지
낮닭이 홰를 치자 멍멍이가 받아 짖는 곳
햇빛의 누룽지로 더는 배불릴 수 없는 시간이
투명한 화석 안으로 가두어집니다
꽃차를 들고 싶으면 야생화를 읽고 오십시오
분꽃 달맞이꽃 두견화가 좋다면 눌러앉으셔야지요
내일의 숙제 결제 잠깐 접고 여기
무근이 할배의 새들을 불러들이는 풍경은 덤입니다
하지만 고개 넘어가는 저 곳
도시가 부르거든 우울은 두고 가십시오 부디

소중한, 함부로

떠맡기는 것과 내쫓기는 것이 어긋나는 골목
폐지에 쓰여진 무수한 내 시간들이 구겨져 버려지네
한 순간을 적은 말들 바람이나 기억해 줄런지

TV에선 거대한 땅구덩이 속에
수십 마리 병든 돼지를 산 채로 밀어넣네
꽥꽥거리는 돼지들 죽을 힘으로 버팅기네

가치와 무가치의 거리는 얼마일까

함부로라니, 나도 모르게 이따금씩
묶여진 쓰레기자루 움켜쥐고 좌석버스에 오를 줄이야
황금보다 밝은 조끼 입은 미화원 신사는 자꾸만 웃으시긴
세상사 귀하지 않은 게 있더냐고

오늘은 냉장고에 밀린 허접들을 모아
나를 보듯 재활용으로 버무려서
다소 자학적으로 익혀볼 것이네

단풍

알겠네, 기다리지 않아도 편지는 도착하고
계절의 중력은 몸을 낮추어 녹슬어가네
비워질 세상을 미리 알고나 있었는지
이동설계를 긋고 있는 다람쥐는
나무숲 사이를 굴러다니다 떨어져 죽은 동료의
두 귀를 세우네, 들리는가
흐느끼는 안개를 달래며 옆구리를 내주고 있는 절벽의 끝
멀리 누군가의 발에 채인 돌들
부서지며 뒹굴고 서로 부둥켜 안고
서로 상처 핥는 소리 들리는가
장대비 때려 아름다워진 삶의 무늬
칼바람 맞은 몸일수록 뒤척이지 못한 혓바닥
참 붉다, 뜨겁네 제 피멍든 살껍질
일어나 한시절 시뻘건 참회 벌이고 있네
서러움과 아쉬움이 만나서 독버섯이 된 가슴
뼈가 녹아 짓이겨진 그리움을 나뭇가지에 걸어놓고
이명처럼 들려오는 강물소리 번개 섞는 소리
내 활화산의 중심에다 구멍을 내고 싶어라
알겠네, 타오르는 것은 언제나 내일과
어제 사이에서 그 존재가 되어가네

떠도는 의자

멀리 바라보는 곳에는 의자가 있다
삶이 닿지 않는 계곡의 정원에 숨어
내 안의 짐승이 노래 부를 때마다
수만의 꽃이 피고 진 자리

환부를 도려낸 뒤
힘을 빼라는 주치의의 말과
새 살이 차오르는 느림과
숲을 부풀려 나가는 햇살의 노동
내 마음의 집을 지을 동안

이제 울음은 그쳤니?
그럼 핏자국을 닦아야지
앉아 있어도 멀리 또 하나의
떠도는 의자가 있다

우담바라 핀

저는 문간방으로 밀려난 퇴역 286번이예요
하루라도 얼굴 마주하지 않고는 못 나가셨던
그대 손길 받아들이는 것만이 제 생의 전부임을
그 추억의 멍에를 이젠 말하지도 않겠어요
나무전봇대가 시멘트로 바뀌는 길이 빠르게
달 속 계수나무 길로 가는 길일 테니까요 하지만
버리진 말아주세요 버려진 것은 잠시
잊혀질 뿐입니다 이따금씩 그 옛날 남새밭의
푸성귀들도 무장다리 꽃이거나 노랑나비로 들어와서
그대를 찾을 거예요 오팔육아 이리 오너라
번개소리 새방차지에게 물들이지 말아요
불 꺼진 방에서 그대의 손때 자국만 안고선 한 때
그대와의 뜨거웠던 만남을 몸서리치며 묵히고 묵혀서
무채색의 우담바라 꽃으로 피어서 살아갈밖에
어느 날 또 그대 새방차지가 나도 저 문간방의
먼지각시처럼 춥다고,
그대 저돌적인 단내에 마음 졸이며 저만의
무꽃 겨자 피워 노란 눈물 흘릴지 모르잖아요
반짝이는 새 디지털의 기교, 그 혼절하는 전율을 휘감으며

그대 의자 하나 삐걱거리겠죠, 그럼요
미동도 없이 기다려 드려야죠, 그대
손길 한 번에 환해질, 멀어져서 더욱 생생해질
추억을 보여드릴 테니까요 머지않아
우담바라 피고 지는 달나라에서 말씀이죠

독도 연가

한라산보다 더 큰 몸도 때로는 흔들린다

한 국토의 혈맥으로 물속 깊이 뿌릴 박고
삼족오의 노래 따라
일만 괭이갈매기국을 수립한 섬도

외롭지 않다 끄떡없다 바다가 개벽을 해도
꿈쩍 않는 섬도

"끼룩끼룩" "야옹야옹" "괭괭" 부모에게 닿지 못해
찰나의 섬을 맴돌면서 통곡하는
한 몸일 수 없는 삶의 십자가 앞에서
도리 없이 흔들린다

적에게 내보일 수 없는 영역 아무도 모르라고
갈매기의 깃털 끝이 잠깐 떨리듯
때늦은 효孝 앓고 있는 자의 심장에 보드랍게
그런 느낌으로 아주 보드랍게 섬이
흔들린다

여수의 여수는 여수로

새벽 기차를 탔다
무겁게 들러붙은 검은 시간을 따라
덜커덩거리며 다가오는 여명쪽으로 앉아
여수旅愁의여수女囚는여수麗水로 간다
세상의 속도에 갇힌 노예처럼
출구를 찾지 못해 미치기 직전
아직은 거짓으로 살아야 할 날을 기려
부드러운 철로를 따라 여수로 간다
철로의 끝엔 불타오르는 동백이 있다
하늘 바다에 붉은 섬이 눈뜨고 있다
가서 흥건히 젖으리라

그리하여 다시 돌아와 내 형벌을 다스려야 할
달디 단 시간에 꿇앉으리라

석란

절벽의 끝인들 떨어지지도 못하는 저 집착을 어쩌랴
완도 근처 외딴 섬에서 보았다
허공의 늑골에서 흔들리는 몸
설익은 눈물 싣고 떠도는 갈매기의 노래
척추부터 타들어가는 쓸쓸함을 해풍에 기대는데
노랗게 피운 별을 논하지 말자
삶의 벼랑에서 저녁바다를 열어간 날들의 밤별,
멀리 있어서 더욱 다정한 세상
원래부터 꽃은 하늘에 있었다
멀리 타클라마칸 사막의 바람이 부드럽게 되돌아올 때
단 한 번의 울음을 토해낸다
바위 틈새에서 뿌리내린 시간들을 머금고
시퍼렇게 세운 칼잎
다시 삭풍이 온대도 겨운 아픔을 나리라

갯바위

빈 젖을 보채는 아이처럼
머리칼 풀어헤치고 달려드는 파도 어쩌라고
내 비린 뼈마디 구석구석마다 그리움의 갈기
한 층 더 날카로워지는데
이 앙다문 조개들의 슬픔
허기진 별빛과 초라한 바람을 앉히는 것이
갯바위다운 풍경이라면
온 몸 긁히는 파도자국을 안으로
안으로 삼켜야만 한다
피가 나도록 멈추지 않는 가려움증
상처에 소금을 바르듯 그 순간을
숨죽여야 하느니
흉터가 된 화석 위로
하얗게 포말들 오래된 단조를 연주할 때
조개의 입수구가 내뱉지 못한 비애와
아장아장 걸어올 밤별의 약속을 주고받는
그 여름의 오후처럼 서 있어야 한다

제피로스의 나무

경칩 지나 사과나무들 수평으로 사열하고 있다
끝물 김치가 귀해질 즈음, 성큼성큼 걸어 내려와 앉은 하늘
실핏줄 같은 가지를 타고
살금살금 봄이 다가온다
열매다운 열매를 얻으려면
웃자라지 말자고 양쪽 가지에 매단 돌
치솟은 가지 위로 아스라한 하늘 꼭대기 현기증을 앉히고
신열을 앓듯 불어오는 봄바람
스물스물 가려울 때마다 범종이 울린다
무게를 가늠하고 있는
저 모든 나무들의 가지마다 열망으로 흔들린다

워싱턴의 가을

고목이 세운 도시에
소리 없는 포탄이 터졌다
인간들을 다 어디로 내몰았나
다람쥐가 보도를 점령했다
길바닥에 널려 있는 도토리들 보호하랴
나무에 걸려 있는 감시카메라 삼엄하다
오래전 역사시간, 역사책이 떠오르는데
메리어트로 가는 다리 아래
숨이 멎을 듯
제한 없이 발사하는 저 빛깔들
황금 잎사귀 파편이 소란스럽다

목화밭

바이칼호 상공 삼십만피트
마음의 지옥문 열고 서면 보인다
지상의 열기로 곪아터진 하늘 들판
떼솜을 풀어놓고 무명실 산조를 잣으며
흰 버선발 숨기고 오는 사람이 있다
꽃봉오리의 비등점에
젖은 시를 피워 무는 사람이 있다
끊기 힘든 시를 아껴 피우면서 뿜어내는
저 연기 희고 아픈 꽃처럼
낙동강 하구 흰죽지갈매기의 울음
호수 밑 아득히 지느러미들 유영까지는 갈 것인가
제풀에 넋 놓고 당겼다가 펼쳐지는 구름의 변주곡이여
사람을 울리는 무채색의 가락들
이제 곧 땅위에선
한 판 자진모리 휘모리로
누군가의 가슴에 내릴 터다

5부

반진고리

정오, 천국의 계단

집중치료실의 피 걸레질은 끝나고 오후의 내 날갯짓의
한 끼를 위해
잔반으로 싸온 새알김밥을 억지로라도 부화시켜야 한다
고 점심시간
손바닥만 한 하늘 한 쪼가리가 어디냐 한 끼의 부화를 위
해 찾은
간첩 같은 비상구 계단 녹슬어 이 앙다문 문을 걷어차버
린 순간 햐!
새알 투입도 하기 전에 내 눈이 먹어치우는 천국
통유리 안의 나를 이끄는데 봄산 속치마만 입은 벚나무
들
떼거리로 몰려드는데 그 사이 샛강까지 좇아오는 다급
함에
쫓기듯 손에 쥔 것 다 놔버렸다는 걸 그는 안다
장파열 수술로 창자 다 드러내놓고 살까 말까 헤아리고
있는 그,
벼랑 밑 찌그러진 택시에서 영안실로 이동 중 다시 팔딱
거렸다는 그,
피범벅덩이로 어지럽게 연결된 라인 사이 불혹의 쳐진 손

[접근금지] 칸막이로 가려진 그의 발부터 따뜻하게 닦는다

줄기차게 펌프질 했을 그의 청춘

힘 빠진 물총까지, 그의 입안 핏덩이도 파낸다

말짱한 그의 귀를 다시 닦아낸다 몇 날을

빤히 간병인을 보고 있는 귀, 그의 귓바퀴에 대고 가만히

"봄님이 왔다니까요" 말 할 때마다 꿈틀 벚꽃처럼 피어나
는 그

　귀 하나로 수액을 부르고 귀 하나로 벌어진 배를 닫은
그가

　습관으로 기대왔던 나의 나무 같아서

통유리를 뚫고 들어온 빛 알갱이들, 내 몸 속

줄기란 줄기 다 깨워선 내 식욕을 몰아내고 일순

멍한 동공 속 검은 나비 떼들만

날아올라 올라 오늘의 허기를 채웠던 것이다

순간의 거리

쌀알만 한 알약이 진정효과를 내기 전까지
암 수술로 옆구리 장루를 찬 환자의 손발이 짐승이 되었
을 때
머리끄덩이 잡힌 채 나는 얼굴이 긁히고
목덜미에 환자의 이빨이 닿기 직전의 순간 절벽에서
꽉 잡힌 나무뿌리처럼 나는 벼랑과 하늘을 생각하고
문득, 거꾸로 레슬링을 떠올리고
창밖엔 캐럴송이 들려오고
그들은 무슨 생각을 하고 있을까
인형의 집 속 인형 같은 여주인
석탑 베이커리 꿀단지만 한 외등도 켜졌을까
대개의 손님은 웃는 얼굴일 것
방금 주머니 속 핸드폰 진동 장치가 울리고
조금은 아프겠지 환자의 손아귀가
모르는 광명진언을 새로 외워본다
보호자 대기실의 전광판 보기 일곱 시간이었다
오 살아난 약들의 몸 그 지독한 지리멸렬
항문 같은 내 이성의 거리여

입문入門

웃고 떠들고 모임 끝에 암 검사나 해보자고
들어간 문, 그 후에 롱 파마 머리칼의 두상은
꼬챙이에 걸린 애호박이 되어갔다
여섯 달 째 되던 어느 날 되레
불쌍한 얼굴 하지 말라고
좋은 날 산채비빔밥이나 한 그릇 하자고
시간마다 양치질 한다 나무라지 말라고
침상에서 양치질 하다 그냥 그대로
딸깍,
금속성의 자물통 소리
목숨 닿아 안전벨트 채우는 소리
아주 고요한 얼음장 속의 살아 있는 산채나물
같은 지천명의
왕생으로 걸어가는 환幻의 뿌리가
어느 행성 하나에 들었다

비가 내린다
– 동생

굳은 혀를 쓰고 싶다고?
병실 창밖을 때렸던 나뭇가지들처럼
펜을 달라고 허공에다 빈 사각형을 그리며
손만 휘저었다 떠나고선 하늘문 밖 어디쯤에서
상형문자로 퍼붓고 있는가,

회색바다 투명한 지느러미들이 내 눈 앞을 스쳤을 뿐인데
단 한 번도 내뱉지 못한 수없는 언어가
풀잎 위에 팔딱거린다
눕혀졌다 둥글게 일어나는 저 풀잎을 봐라
은밀한 저음이 되어 아프게 흐르는 단조들

양쪽 눈 꼬리에서 흐르다 만 눈물 줄기, 그날
냉동 관에서 빙어氷語체로 내보인 굳은 혀의 상징이라니
불혹 이후까지 머물고 싶었던 몸부림의 순간이었나
희나리 진 청춘을 태우는 화장장의 불꽃처럼
비가 내린다, 오늘
살꽃을 감추고 가는 눈물주렴이 마른 땅을
쓰다듬다 흐른다

땅 위의 모든 것들에게 적셔주는,
타오르는 그 무엇이 된다

매미

찻잔을 들고 앉은 베란다 망창
매미 하나 붙어서 나를 본다
검은 연미복에 가늘고 긴 팔다리가 굳어 있다
마른 인삼처럼 앙상한 네 손을 잡고
바다가 보이는 악보 따라 정구지 밭길 따라
네 손의 창백한 핏기가 손바닥에 옮겨지고
기나긴 파도 톱날 펼치는 소리
집시의 선율 악장이 머리 위에서 맴돈다
낮고 부드럽게 연주하는 네 손가락
물결의 음계를 그려보는 사이
매미소리는 나뭇가지를 뚫고
깃털 세운 새떼처럼 2악장을 뒤짚고
모래를 몰고 와선 눈앞을 흐리운다
너는 각혈하면서 손 흔들고 떠났던가 나는
한참을 길 잃고 다니다 해일처럼, 해서
잠시 찻잔이 흔들릴 때
창밖 행인들 시계를 자주 보면서 가고
소리 없는 네 검은 연주복, 나를 본다
내가 불러본 적 없는 기억을 몰고

아무 대답도 해줄 수 없는 나를 본다
떠나가서 너는 또 얼마나 가슴 토할 것인지

그 남자의 집

휴대폰 눌러대며, 어린아이들
바퀴 달린 신발로 마냥 내달리는 공터 한 켠
주인을 어디 두고 저렇게 서 있을까
먼지만 덮어쓴 채 구를 줄 모르는 자동차를 본다
낡아서 버려진 차들 사이로 난 길 따라
옛 남자의 얼굴이 비친다
혼자 사는 남자의 집을 함부로 엿보다니!
교대 시간에 맞추어 김치찌개는 저 혼자 끓고
바쁜 빗질을 하고 있는 그의 엉덩이 모르긴 해도
오래 전 사별한 그의 반쪽이 말술 탓이라며
거울 속 인상을 구기고 있으리라
이제 옛 모습이라곤 도무지 찾아볼 수 없는
늙은 경비원이 낡은 차 문을 밀고
잠시 하늘을 바라보다 말고 내려서 선다

어둠 속의 댄서들
– 시각장애

집합!
밤 깊을수록 귀 밝아지는 댄서들
동네 운동장에서 배구를 한다
날은 그믐이라 캄캄한 사람들 꼼짝 못하는 사이
북을 더듬듯 손끝으로 소릴 받아 모시는지
눈과 입을 닫아걸고 무한적막을 가른다
치르르 착(간다) 치르르착(그래) 비닐로 감싸 맨 공
소리 따라 어둠을 제도하는 무언무無言舞 필시
박자와 박자 사이에 삼바춤이 있을 한 판

어둠도 빛이 되는 우리들의 천국이라

아무 것도 보이지 않는 운동장은
한 소리에 의해서만 한 몸이 되어가는
눈 뜬 귀들의 대낮같은 호흡이 있다
빗나가는 경계선의 이마 위로
느닷없이 내려치는 한 순간의 높은 스텝
이어서 짧은 박수들, 달아오를수록 분명해지는 무대
나는 다만 캄캄한 세상을 바라볼 뿐

발빠르게 음계를 날리는 환한 댄서들
시력 말짱한 나의 눈길을 날린다

소묘

재래시장 어귀 비좁은 두부집 좌판
녹슨 의자의 허름한 잠바
여름 겨울 없이 책을 보고 있다
물기 마를수록 예민해지는 두부 모서리에
세상 한 쪽을 부여잡고 남자는
천 원 지폐와 두붓모가 자리바꿈 할 때마다
흘러내리는 소매를 걷어잡고 잠시
고개 숙일 뿐, 책 속으로 빠져든다
그 누가 눈 화살 찍는 줄도 모르고 상큼한
풍경으로 앉아 이따금씩 네모덩이 순백의 보배에
시신경을 꽂고 한 장 한 장 형이상학을 넘보며
(생生이 여기 있었군) 잘은 모르지만
저 불혹의 굵은 테 안경은 처음부터
책상 앞의 허기로 살 시인이었던 듯,
가장이라는 고삐에 묶여 오늘도 하얀 칼금을
모나게 긋고는 개방된
철제 서재로의 와독에 든다
눈부시기도 해라 세상에서 가장 아름다운 그림

고전면古田面 고하리古河里

남해고속도로를 물고 지리산의 허리가 풀리기 시작하면서
고전 배들이시장 사람들은 하나 둘 짐을 꾸렸다
엿새마다 서는 장날 서로 부딪치며 장보던 장꾼들은 다
어디로 보내고
지금은 파뿌리 몇 놓고 구부리고 앉은 파뿌리 같은 노인
이 주인이다
메생이 물파래에 전어 밤젓을 넣고 먹던 쌈과 산더미 같
은 하동 김은 광양만 하늘 위로 날아갔다는 이정표가 훈장
처럼 엄숙하다
장터 낙지국밥집 위로 어지러이 떠다니던 바람도 언덕
아래서
빛바랜 채로 쓰러졌는지 퇴근하지 않는 오후가 속절없이
찾아오고
제 발로 떠난 한 시절로는 고전면 이름 걸고 오래된 밭뙈
기가 되레
지상천국이라는 내 생각이 생낙지 토막처럼 팔딱거렸다
변사 딸린 영화 「장마루촌의 이발사」를 상영하던 내 옛집
안마당은
큰 아가리 검은 하품을 하는 개집을 눕혀놓고 뒤란의 서

슬 푸른 댓잎들만 빈 집 안에서 컹컹 짖고 있었는데 꿈틀거
리는 기억 속에서 들리는 듯 시도 때도 없이 호통을 쳤던
어디에도 안 계시는 내 아버지의 소리가 고전이 된다 쑥뿌
리 같은 몇몇 남아 있는 이웃들과 손을 흔들면서 나는 폐허
한 점을 안으로 접고 있었다

반짇고리

한바탕 단추도깨비와 숨바꼭질,
밟힌 치맛단 실밥까지 약올린 참에

반닫이에 계시는 어머니 끄집어내다
나이 많은 땟자국 반질반질
젊은 과수댁의 청춘 고스란히
숨쉬고 있는 남루를 드러낸다
밤낮으로 먹여 살리고 달래는 남편이었다지
보리개떡 같다 실패와 실꾸리
나달나달 중풍 든 골무짝 모두가
수족 못 쓰고 십 수년 외면당해
호사스런 외로움은 원래 없었다고
꼬질꼬질한 없는 남자 내 눈 속에 욱신거린다

왼쪽 팔 니은자로 굳어진 후 절뚝거리며 흐른 세월
숨 거둠과 동시에 부드럽게 풀린 육신, 연지곤지 찍으시곤
천국 어디쯤에서 안부만 물어 오시는지
바늘쌈지 쥘 때마다 따끔따끔 살아나는 여자의 시간
뜯어진 마음 하나도 기워 본다

항아리

내가 한 줌의 흙이었을 때 꾸었던 꿈은
아름다운 항아리가 되는 거다
커다란 내 몸 속에 해와 달을 담고
침묵으로 푸른 들판을 담아내는 거다
내 몸을 지나쳤던 바람이나 별들을 끌어다
푹 익은 시간을 한 대접씩 세상에 퍼주는 거다
내 꿈은 비록 이루어지지 않았지만
술고래 신발과 자기밖에 모르는 신발들에게
세상에서 가장 큰 바가지를 긁고 있지만
내 꿈은 세상에서 가장 큰 항아리가 되는 거다
그리하여 나를 들여다보는 사람들에게
퍼주고 또 퍼주면서 속을 비워나가는 거다
짜기가 간장독 밑바닥이라며 속을 긁어대는 남편과
내 자식들에게도 내 소원을 말해 준 적은 없다
하지만 독 안의 품질이 제일이라는 말에
크게 웃을 줄 아는 큰 항아리가 되었으면 한다
내 꿈은!

나무

낮달이 호기심으로 기웃거리는
날개를 품고 사는 집이 있다
가을에도 물은 올라
빨간 주먹을 가지마다 내달고
마당 한 쪽의 감나무는
사립 옆으로 고이는 옹달샘을 벗하여
한 철을 난다

여든 나이에도 대소쿠릴 끼고
새벽 텃밭을 쓰다듬는
내 어머니는
살같던 육남매 붉은 감으로 여물려
집 떠나보내고
병 깊으신 아버지와
넉넉히 평생을 사신다

미로여행

– 서준에게

너는 지금 활활 타오르는 기행문
사납게 반길 수밖에 없는 내 심대한 휘휘함을 알아
구비구비 보석의 검은 속눈썹으로
여기요여기요 끌어당기고 있다
거실 너머 안방 창 너머 베란다에
난초 이파리 한 잎이 둥글게 웃고 있다는 것
기어가다 보고 앉았다 보고 섰다가 보고 금방
넘어져서 다시 보고 하늘거리는 푸른 곡선과
일년박이가 나누는 짧은 침묵의 세상은
어떤 것인지 판독불가능의 내가 나를 모른 채
한참을 헤매다 차근차근 너의
옹알이를 읽으면서 아차! 추락하는
내 공명을 다시 읽고 있다
울지도 않고 젖니로만 내보였던 묘한 표정이
그렇다면 통증이었단 말이지
아기 왼쪽팔뼈가 어긋났다는 것도 모르고
노래로 읽혀지는 너를 보고 있는 내가
오래토록 타오르는 기행문이 되고 있다

■ 시인의 꿈과 길

인간 경험의 중심中心, 내 공상허언증에 경배

1.

결국 나의 시는 꿈과 악몽의 얼크러짐에서 오는 긴장과 갈등의 기록이라고 해도 과언이 아닐 것이다. 다 버리지 못한 청춘이 구가하는 몇가닥 몽환적 치열성이겠지만 어떻게 해도 이젠 젊은날의 궁전으로 되돌아갈 수는 없다. 삶의 수레바퀴 밑에 깔린 세월의 지극한 비밀을 꿰뚫어 지금은 죽음을 하찮게 여길 공부를 시작할 시간, 그러나 어느 후미진 곳에서 홀로 시를 읽어주는 이가 틀림없이 있을 것이라는 작은 희망은 내 안에서 계속되고 있다.

이런 시각, 어떤 감정에 진지하게 사로잡힌 기분에서는 그 모든 것들이 나 자신을 슬프게도 한다. 어린 시절 아들이건 딸이건 공부만 잘 하기를 바랐던 부모님의 사랑을 거부하고 침묵의 반항과 바보짓으로 놓쳐버린 시간들의 보복 같은 것이 소름끼칠 정도로 가까이 다가와 현실의 존재가 된다.

견딜 수 없는 고통이나 길고도 고독한 여행을 하고 난 끝에 빈 방에 홀로 앉아 유년시절의 고향과 추억들을 생각한다. 예속과 억압상태에서 분출되는 모순의 나날들이었다. 말을 배울 때부터 앉는 법, 식사법 부모에게 존칭을 꼭 써

야 하는 데서 불만이 생기고 '엄마' 소리치며 칭얼대고 싶
었지만 가까이서 손도 한 번 맞잡은 일 없이 떠나보낸 어머
니의 일생을 지금은 자주 생각한다.

　나의 친할머니, 나의 외할머니는 왜 두 분이었는지 그 많
은 친척들 속에서도 아무도 설명해 주는 사람 없는 의문과
공포의 어린 날들이었다. 공부는 싫고 책읽기를 너무 좋아
했던 아이는 방천둑만 혼자 걷다가 어두워서 돌아온 적도
있었다. 그 때 나는 세상을 마감할 수 있도록 빨리 예순살
이 되기를 바랐다. 되지도 않은 생각에 골몰하다가 뒤칸으
로 불려가서는 닭달을 받고 돼지죽통을 들고 서 있거나 한
마 짜리 미싱 잣대로 종아리 맞기가 일쑤였다. 아프다고 소
리치거나 잘못했다고 빌지도 않고 맞는 것을 본 언니들은
안타까워 발을 동동 굴렀다. 하찮은 딸 하나 인간이 되지
못할까봐 부모님이 걱정하셨을 때 역설적으로 내 안은 나
만의 세계를 꿈구고 있었다. 동화책이나 신문의 연재소설,
아버지의 책들, 아무거나 방구석에서 읽고 나면 꼭 자의식
같은 게 꿈틀거렸다. 지금 생각하면 나의 변증법적 시의 눈
을 틔울 뿌리밭이었을 것이다.

　2.

　파멸할 때 불멸하다는 역설적인 환상, 내 기시감의 몽리
면적은 어디까지일까. 내가 믿어온 내가 나에게 한 거짓말,
의학적으로는 플라시보 효과라고 한다. 생리학적 신경전달
물질이 긍정적으로 몰고 간다는 뜻을 존중하고 싶다. 시창

작에 있어서 7이 영감이고 3이 노력이라면 사물과 사유에 대해서 얼마나 다양한 시안詩眼이 필요하겠는가를 생각하면서 집중탐구를 즐기다가 엉뚱하게 명답을 찾아내곤 한다.

연어의 최후가 새끼들의 먹이가 되는 것을 생각하다가 모래땅의 왕소똥구리 애벌레를 생각한다. 늙은 똥파리는 경단만 하게 굴린 똥 속에 알을 묻고 56일이 지난 후 새끼가 나올 무렵 홀로 앉은 그 자리에서 힘없이 사그라져 먼지가 되어 물 위에 떨어지면서 피라미의 외식거리가 된다는 한 편의 시를 보았다.

3.

영원은 시간의 산물과 사랑에 빠져 있다(W. 브레이크).

멀어져 간 것들은 지금보다 아깝고 후회스럽다. 몸 구석구석 숨어 있는 열망과 좌절 분노까지도 뜬금없이 들고 일어난다. 보석같이 아름다운 것들이다. 하루하루 마비되어 가는 우리의 빠른 인생에 있어서 영혼이 자신을 의식할 수 있는 시간, 즉 감각의 생활과 정신의 생활이 밀려나고 영혼이 진실되게 회상과 양심의 거울 앞에 마주서게 되는 시간이란 드문 일이다. 그것은 홀로 대자연 속으로 안겨 보는 것이다. 나의 시창작이란 상처바이러스를 여행비타민으로 치유하는 과정에 있다.

표지판도 방향도 없는 모래바람 한복판에서 긴 목을 빼고 가야 할 낙타같은 내 자아와 현실의 핵심으로 돌아가 그 아픔과 모순을 직시하고 그것의 관등성명과 암구호를 풀어내는 것이 해결책이리라.

　　한바탕 단추도깨비와 숨바꼭질
　　밟힌 치맛단 실밥까지 약 올린 참에

　　반닫이에 계시는 어머니 끄집어내다
　　나이 많은 땟자국 반질반질
　　젊은 과수댁의 청춘 고스란히 숨 쉬고 있는 남루
　　밤낮으로 먹여 살리곤 달래는 남편이었다지
　　보리개떡 같다 실패와 실꾸리
　　나달나달 중풍든 골무짝 모두가
　　수족 못 쓰고 십수년 외면 당해
　　꼬질꼬질한 없는 남자 내 눈 속에 옥신기린다

　　왼쪽 팔 니은 자로 굳어진 후 절뚝거리며 흐른 세월
　　숨거둠과 동시에 부드럽게 풀린 육신, 연지곤지 찍으시곤
　　천국 어디쯤에서 안부만 물어오시는지
　　바늘쌈지 쥘 때마다 따끔따끔 살아나는 여자의 시간
　　틀어진 마음 하나도 기워본다
－「반짇고리」 전문

　4.

　시어머니와 나의 관계는 첫만남부터 중풍환자와 간병인
이 아니라 예쁜 아기와 보모 같은 일상을 평생 지내야 할
필연적인 운명이었으니 사물의 땟자국마다 묘한 교훈을 남

졌다.

 인간의 경험은 사적인 꿈인 동시에 공적인 악몽이라는 말은 내 인생의 한 단면을 잘 지적하고 있다. 사적 관계와 공적 관계의 이 얼크러짐은 인간 경험의 폭과 깊이를 때로 넓히기도 하고 때로 좁히기도 하면서 삶의 질을 결정짓게 한다. 발버둥치는 나와 억누르는 내가 빚어내는 긴장과 갈등의 숙명론적 한계를 작은 여행으로 얻어지는 지식과 내 반성을 버무려 발효시킨다.

 겨울 논둑길 돌과 돌 사이에 삐죽이 눈 뜬 돌미나리가 그러하다. 스미소니언 박물관에서 6.25를 읽었을 때 그러했다.

 피라밋 부근에서 돌을 나르는 사람들에서도 우리의 아버지들을 그려보았다. 거기서 내 시의 가공 재건축이 시작되기도 한다. 하지만 나는 내가 좋아하는 글과 말을 쉬지 않고 공부한다.

 나는 사회와 역사를 배후로 둔 거대담론의 전후적 시스템 안에서 편입하려 든 적도 있었고 비린내 나는 서구 모더니즘의 덫 안에서 스스럽게 온존하려 한 적도 있었다. 지금 생각하면 좋은시의 7할은 서정성으로부터 빛을 낼 수밖에 없을 성싶다.(오태환)

 선인장 가시 같은 의지가 내게 경고가 되기도 하고 자아의 길로 인도하기도 한다. 나는 아직도 시詩를 쓰는 일로 내게 희망을 걸고 있다. 투쟁이여 화이팅!

1950년 음력 8월 5일 경남 하동군 고전면 고하리 주성에서
　　　아버지 이성태 어머니 김소운의 6남매 중 셋째로
　　　태어남.
1959년 혼자 노는 아이였다. 고무줄놀이처럼 폴짝폴짝 뛰
　　　는 것은 질색인 아이, 콩돌줍기 땅따먹기 오자미 등
　　　아무 놀이도 안하고 혼자 놀았다. 운동장 한 구석에
　　　정구공 크기의 한 구멍을 파고 꼬챙이를 얼기설기
　　　엮어 덮고 그 속에 여치와 나비를 키워 볼 량으로
　　　공부가 끝나기를 기다려서 쫓아다녔다. 풀잎을 뜯
　　　어서 넣어 주다가 물방울도 떨어뜨리다가 혼자 누
　　　리는 재미가 오래 가지는 못했다. 날개들 색깔이 옅
　　　어지면서 기운이 쳐지는 걸 보고 기겁을 하고는 풀
　　　밭으로 놓아주었던 적도 있었다.
　　　이원수 작 「민들레의 노래」에서 주인공 민우가 선
　　　명하게 생각난다. 『타잔』 『검은 고양이』를 읽을 때
　　　는 단번에 통독했던 것 같다.
　　　국민학교 6학년 때 무슨 열병인가를 앓고 오랜 결
　　　석을 하면서 외딴방에 누워 있었는데 내 눈에 보이
　　　는 것이라곤 달력 한 장이었다. 열두 달이 한 장에
　　　보이는 동화표 고무신 그림의 1959를 허공에 써 보
　　　면서 고열로 헛소릴 했던 것 같다.
　　　냉수 금지로 나를 감시했던 숙자라는 동네 처녀에
　　　게 눈물로 사정을 해서 얻어 마신 찬물 때문에 피를
　　　올리고 난리가 났을 때 머슴들과 일 나간 어머니가

와서 죽을 테면 죽으라고 큰 소리로 화를 내셨던 것 같다.

그렇게 아프고 일어난 뒤로 나는 병원에 갈 정도로 앓아본 적 없이 건강을 지키며 살아가고 있다. 액땜이었던 걸까.

1963년 이야기가 있는 책이 재미있었다.

아버지가 면사무소에서 「지방행정」이라는 책을 다달이 받아 오시면 거기 게재된 연재소설을 즐겨 읽었다.

표지그림에 희끗머리 펄벅이 있는 책을 읽고 〈갈대는 바람에 시달려도〉에 한국을 배경으로 외국인이 썼다는 걸 한참 생각하게도 했다.

어머니보다 세 살이 젊은 아버지는 미남 멋쟁이셨다. 어린 딸들만 데리고 온천장에도 가서 가족탕에서 등을 밀어주시기도 하셨다.

1965년 진교고등학교의 남녀공학이 싫어서 대도시 서너 군데 여고 교장님들께 전학에 대한 편지를 썼다. 나중에 교무실로 날아온 답신(걱정스런)들로 혼쭐나게 불려다녔다.

수업시간에 사랑의 소설을 읽다가 물리 선생님께 불려가서는 "니 참 좋은 책 읽고 있네. 근데 꼭 내 시간에 와 읽노?"

나는 수학과 물리가 싫었다. 영어 선생님과는 손을 잡고 다닐 정도로 귀염을 받았다. 교내 응모전에서

이광수의 흙에 나오는 허숭과 살여울을 얘기하면서
용기를 얻었다.

1966년 언니는 교사가 되고 동생은 국립대학 장학생인데
나는 엉뚱한 생각으로 엉뚱한 일을 저지르고 아무
도 내 걱정은 해주는 사람이 없는 것 같으면서도 무
서운 어머니를 피해다녔다. 어머니는 바보같은 딸
을 많이 걱정 하셨을 성싶다. 고등학교를 졸업하고
이태를 첫 달거리조차 없었고 다그치는 부모님이
무서웠다.

준교사 시험을 목적으로 2년제 야간대학을 아무도
몰래 다니다가 잠업지도원이나 되자고 다섯잠 누에
의 생애와 뽕 이파리 공부를 속성으로 하고 농업 진
흥청에서 실시하는 잠업지도원 시험에 합격했으나
"공부만 잘 했어 봐라 미국에라도 보내주겠다."

호통 치시는 아버지에게서 탈출하는 것만 시도했다.

1968년 작은아버지의 추천으로 600여 명이 근무하는 회사
실험실에 입사했다. 그 당시 회사를 방문한 공화당
특사 정치인 김종필과 회사 대표가 있는 자리에서
난생 처음으로 "브리핑"을 했다. 많이 떨렸다.

조직생활의 절제 미학을 터득하면서 밤에는 문학에
심취했다. 『여성동아』에 박완서씨의 「나목」이 연재
되고 라디오 방송에는 김수현의 「저 눈밭에 사슴
이」가 채택되어 화제를 일으켰다. 『현대문학』과
『사상계』를 다달이 받아보면서 목적도 없이 글을

썼다.

아버지는 오실 때마다 "너 화장법이 왜 그래" "너 바바리가 도대체 몇 벌이냐" 하시면서 못마땅해 하셨다. 신신음악실과 미화당을 오가며 크립리챠드와 낫킹콜을 외웠다. 모든 것이 뜻대로 안되고 변화하고 싶은 마음으로 끓어올랐다.

1970년 1월 5일 달구벌의 토박이 사업가 이명수와 결혼. 이 사람을 안 만났더라면 지금의 이자규는 없었을 것이다.

1970년 11월 첫째 경희 태어남. 지금은 미국에서 공부하고 있다.

1972년 11월 둘째 윤경 태어남. LG화학 연구원으로 있다가 공학박사 최용진과 결혼.

1974년 1월 셋째 정민 태어남. 지금은 교육재단에 근무하고 있다.

1979년 2월 넷째 철민 입양. 2남 2녀가 좋다고 둘째 아들 철민이를 입양. 제대한 후 바로 세상으로 나갔다. 성공해서 돌아오겠다고 열심히 유학 중.

1981년 남이 볼 때는 부자생활이었으나 내 생애 최악의 나날이었다. 160평 저택에 이코노 중공업은 잘 돌아가는 것 같게 기사, 가정부 딸린 집에 조카들까지 학생 여섯에 중풍으로 누워 계신 시어른까지 식구가 12명이었다. 서럽거나 아프다 할 겨를도 없이 아침햇살이 비치는 부엌 창 앞에 서서 도시락 찬을 갖

가지로 해 놓을 때는 색다른 재미도 있었다. 주사위
는 던져졌는데 생활은 늘 허덕거렸다. 부부싸움을
자주했다. 삶이 치열해지면서 사업이라는 것은 참
빛좋은 개살구 같았다. 뜨거운 것이 뭉클 오르는 날
밤엔 글을 썼다. 의과대학생인 조카의 단행본 문학
을 즐겨 읽으면서 인생에 대한 깊은 사색에 잠기곤
했다.

1995년 『하나문학』에 시, 수필, 『불교문예』에 수필, 『대구
문학』에 시 입상, 방송국에 작품이 채택되는 등 마
음이 가는대로 힘을 조금씩 얻었다.

1997년 영남대학 평생교육원 문예창작과에 등록했다. 나에
게 절대적인 힘을 주신 분. 이기철 교수님을 만나고
부터 내 장기투병 같은 마음의 어혈이 조금씩 풀려
나갔다. "서두르지 마시고 찬찬히"라는 말씀을 내
뇌리에 각인시켜 주신 선생님은 차별없이 열심히
하는 자에게 더욱더 관심 주시면서 다각도로 지도
해 주셨다. 당선을 위한 글을 쓰지 말고 부끄러운
치부까지 시로 읽혀 보일 수 있는 진솔한 글을 쓰도
록 지도하셨다. 되지도 않는 습작시를 시도 때도 없
이 내밀었던 일은 지금 생각해도 부끄럽고 죄송스
럽다.

2001년 계간 『시안』 가을호에 「다림질을 하면서」 「간이역」
「노라에게」로 등단

2008년 여름 시집 『우물치는 여자』를 〈황금알〉에서 펴냄.

지금은 온천과 연못이 많은 경산에 있는 자규의 방
에서 홀로 시, 서, 화와 함께 침묵의 소란과 놀고
있다.